Alfaguara es un sello editorial del Grupo Santillana

www. alfaguara.com

Argentina
Av. Leandro N. Alem, 720
C 1001 AAP Buenos Aires
Tel. (54 114) 119 50 00
Fax (54 114) 912 74 40

Bolivia
Avda. Arce, 2333
La Paz
Tel. (591 2) 44 11 22
Fax (591 2) 44 22 08

Chile
Dr. Aníbal Ariztía, 1444
Providencia
Santiago de Chile
Tel. (56 2) 384 30 00
Fax (56 2) 384 30 60

Colombia
Calle 80, 10-23
Bogotá
Tel. (57 1) 635 12 00
Fax (57 1) 236 93 82

Costa Rica
La Uruca
Del Edificio de Aviación Civil 200 m al Oeste
San José de Costa Rica
Tel. (506) 220 42 42 y 220 47 70
Fax (506) 220 13 20

Ecuador
Avda. Eloy Alfaro, 33-3470 y Avda. 6 de
Diciembre
Quito
Tel. (593 2) 244 66 56 y 244 21 54
Fax (593 2) 244 87 91

El Salvador
Siemens, 51
Zona Industrial Santa Elena
Antiguo Cuscatlan - La Libertad
Tel. (503) 2 505 89 y 2 289 89 20
Fax (503) 2 278 60 66

España
Torrelaguna, 60
28043 Madrid
Tel. (34 91) 744 90 60
Fax (34 91) 744 92 24

Estados Unidos
2105 N.W. 86th Avenue
Doral, F.L. 33122
Tel. (1 305) 591 95 22 y 591 22 32
Fax (1 305) 591 91 45

Guatemala
7ª Avda. 11-11
Zona 9
Guatemala C.A.
Tel. (502) 24 29 43 00
Fax (502) 24 29 43 43

Honduras
Colonia Tepeyac Contigua a Banco Cuscatlan
Boulevard Juan Pablo, frente al Templo
Adventista 7º Día, Casa 1626
Tegucigalpa
Tel. (504) 239 98 84

México
Avda. Universidad, 767
Colonia del Valle
03100 México D.F.
Tel. (52 5) 554 20 75 30
Fax (52 5) 556 01 10 67

Panamá
Avda. Juan Pablo II, nº15. Apartado Postal
863199, zona 7. Urbanización Industrial
La Locería - Ciudad de Panamá
Tel. (507) 260 09 45

Paraguay
Avda. Venezuela, 276,
entre Mariscal López y España
Asunción
Tel./fax (595 21) 213 294 y 214 983

Perú
Avda. Primavera 2160
Surco
Lima 33
Tel. (51 1) 313 4000
Fax. (51 1) 313 4001

Puerto Rico
Avda. Roosevelt, 1506
Guaynabo 00968
Puerto Rico
Tel. (1 787) 781 98 00
Fax (1 787) 782 61 49

República Dominicana
Juan Sánchez Ramírez, 9
Gazcue
Santo Domingo R.D.
Tel. (1809) 682 13 82 y 221 08 70
Fax (1809) 689 10 22

Uruguay
Constitución, 1889
11800 Montevideo
Tel. (598 2) 402 73 42 y 402 72 71
Fax (598 2) 401 51 86

Venezuela
Avda. Rómulo Gallegos
Edificio Zulia, 1º - Sector Monte Cristo
Boleita Norte
Caracas
Tel. (58 212) 235 30 33
Fax (58 212) 239 10 51

Road
Story

ALFAGUARA

© 2007, Alberto Fuguet
c/o Guillermo Schavelzon & Asoc. Agencia Literaria
info@schavelzon.com
© De esta edición:
2007, Aguilar Chilena de Ediciones S.A.
Dr. Aníbal Ariztía, 1444
Providencia, Santiago de Chile
Tel. (56 2) 384 30 00
Fax (56 2) 384 30 60
www.alfaguara.com

ISBN: 978-956-239-538-0
Inscripción N° 74.372
Impreso en Chile - Printed in Chile
Primera edición: octubre 2007
Segunda edición: mayo 2008

Diseño de portada:
Ricardo Alarcón Klaussen

En el camino

Años atrás, leí un perfil de Anthony Hopkins donde confesaba que, como rito, luego de terminar un rodaje intenso, sobre todo aquellos donde «dejaba algo personal en el set», le gustaba arrendar un auto y partir de viaje, lo más lejos posible, sin ruta previa, sin plan, ni menos reservas en hoteles, con la sola y respetable idea de recorrer los caminos y, sobre todo, dejando atrás el pasado, aunque sólo sea por un rato. Me acuerdo perfecto que anoté esa idea, ese título («escribir una road story») y un borrador de la primera frase («los paréntesis son como boomerangs»).

Tal como sucede tantas veces, no pasó nada más, aunque siempre me quedó dando vueltas lo de escribir un cuento caminero, inspirado, sin duda, por mi lectura postadolescente de *En el camino* de Kerouac, pero, sobre todo, por las tantas películas acerca de carreteras y rutas que había visto. Por ese entonces me propuse escribir algún día una película ambientada en la ruta Cinco Norte (*En un lugar de la noche*) y luego una historia sobre la americanísima, y quizás sobremitificada y wenderizada Route 66 («Road Story»). De paso, no sé cómo, apareció una obra de teatro caminera ambientada en Temuco llamada *Cinco Sur*.

Después, no tengo claro qué pasó, pero sí que recorrí, en parte, los caminos que terminó eventualmente recorriendo Simón, el protagonista de esta narración.

Una vez me subí en un tren y me bajé en San Antonio; otra vez, rumbo a no sé dónde, pasé y me alojé en un pueblo con el improbable nombre de Truth or Consequences, y me acuerdo que, en la bencinera del lugar, saqué mi libreta y anoté: «nombre para un cuento: TorC».

El Congress Hotel existe y está en Tucson, pero sólo pude conocerlo después de que apareció en mi novela *Por favor, rebobinar*. Un amigo vivió ahí un tiempo luego de que lo patearan, y una chica que una vez conocí en un avión me habló de ese hotel toda una noche, y quizás por eso ese hotel se volvió mítico para mí, hasta que finalmente lo conocí y me sedujo más de lo que esperaba, pues siempre lo que uno espera es levemente inferior a como es. En este caso, el Congress fue —es— levemente superior a lo que había amasado en mi imaginación. En uno de esos viajes hice lo posible por alojar en el Congress, y me acuerdo que también traté —sin suerte— de escribir un cuento ambientado ahí mismo, pero había demasiada onda: Sonia Braga y James Edward Olmos estaban alojados, filmando una mala película por ahí cerca, y las bandas indies tocaban hasta las tres de la mañana en el Club Congress, del primer piso, justo debajo de mi habitación con un ventilador en el techo.

Mirando las pruebas y los avances de esta novela gráfica de Gonzalo Martínez, no puedo dejar de pensar en las muchas versiones y finales que tuvo este cuento largo (o nouvelle), y en cómo fue mutando hasta llegar a su edición definitiva en el libro *Cortos*, con el simple aunque extranjerizante (pero global) nombre de «Road Story» —una versión muy 1.0 del cuento se publicó, en efecto, antes de tiempo como «La verdad o las consecuencias»—. Lo otro que pienso, y me alegra, es que, para mi sorpresa, la de *Cortos* no fue, para nada, la última. Lo que leerán (¿o verán?) a continuación es la más reciente versión de «Road Story». O quizás la palabra precisa sea adaptación.

Porque eso es lo que es: una adaptación. Llevar la historia, la esencia, los personajes, de un medio (el literario) a otro (el cinematográfico). Así lo veo, al menos. Porque lo que Gonzalo Martínez ha realizado es una adaptación al cine sin filmar, sin tener que locacionar, usar actores o grúas. Pero el resultado final —la experiencia— se parece mucho a la de ver una película y ahora entiendo mucho más (aunque quizás un poco tarde) la seducción que ejerce en lectores nuevos o en lectores algo decepcionados esto que se llama novela gráfica. Podría decir muchas cosas, cosas que otros han dicho o podrían decir mejor, pero lo más sorpresivo de este *Road Story*, el de Gonzalo Martínez, es que se lee/ve de una, de un tirón, al toque. Tal como en el cine. No tengo idea cuánto se demora uno en leer el cuento, o un cuento, pero sé cuánto se demora uno en ver una película: entre 80 minutos y un máximo de tres horas cuando el filme se considera un espectáculo de proporciones. La experiencia de ingresar al mundo visual que Martínez le ha creado a Simón es, sin duda, cinematográfica y lo que se vive no se vive, se experimenta, y el viaje ya deja de ser «literario» para volverse «literal»: uno *ve* el camino, uno *avanza*, uno *escapa*, uno *está* ahí.

Uno *viaja* en tiempo real.

Esta es mi segunda experiencia con respecto a ser adaptado y, en este caso particular, fue más parecido a una adopción. Sólo una vez un texto mío ha sido adaptado visualmente y, por algún motivo, no quise involucrarme. Esa adaptación fue *Tinta roja* y, en ese momento, me pareció que lo que correspondía era no participar en nada, menos aún en el guión, y que la película tenía que parecerse más a la visión del director que a la mía. Mal que mal, yo ya había escrito la novela. En este caso, *Road Story* me sorprendió con un largometraje propio a mis espaldas y la experiencia fue tan alucinante como creativa y placentera porque, por un lado, pude participar de una película sin los problemas que, muchas veces, hacen de un largo algo más parecido a una guerra que a una celebración y a un acto de creación. *Road Story*, la novela gráfica, pasó por muchas de las etapas de una película y agradezco a Gonzalo Martínez que me dejara participar y aceptara algo de mi feedback y el de Alejandro Aliaga, nuestro editor, que tomó este proyecto desde el inicio («tengo una idea y tengo el cuento que se podría adaptar», me dijo almorzando). Así, Road Story fue locacionado, con fotos propias y fotos googleadas; casteado (al final, con Gonzalo quedamos en que Simón tendría algo del Matt Dillon post *La ley de la calle* y *Drugstore Cowboy*, más cercano, en rigor, a su etapa «ya no soy tan joven», que es como aparece en *Crash* y *Factotum*); y adaptado en el sentido estricto de la palabra: Gonzalo contó con toda la libertad —y de hecho se la tomó— para alterar la historia y dejar de lado la prosa para potenciar los dibujos. Si en algo tuve una participación más activa y estricta fue, por un lado, en apoyar a Gonzalo en que no tomara en cuenta tanto el cuento («no me vas a insultar porque yo ya ni me acuerdo qué escribí ni por qué») y en borrar, con grueso lápiz rojo, la mayor cantidad de texto posible. No soy experto en novelas gráficas (aunque cada día leo más y me gustaría alguna vez escribir una directamente) pero sí sé algo de cine y, si bien no soy de aquellos que desprecian los filmes con diálogos, ni siquiera aquellos con voz en off, sí sé que al final una película es imagen, tono y atmósfera, y que para ello no se necesita de palabras.

Road Story me sorprendió en medio de un prolongado desarrollo y una engorrosa preproducción de una cinta que, mientras escribo estas líneas, me entero que, al final, y tal como lo sospeché hace unos meses atrás, no se filmará en la fecha que deseaba y, tal como sucede en el cine, capaz que nunca llegue a filmarse. Yo espero que sí. Pero a lo que voy: durante estos meses de incertidumbre, poder trabajar de cerca con Gonzalo, recibir por mail sus dibujos, juntarnos durante largas sesiones matinales a revisar el «material filmado», fue un placer, algo parecido a un sueño, en rigor, pues ver que Gonzalo Martínez, con su lápiz, podía filmar lo que quería, sin restringirse a horarios, sindicatos, presupuestos o ánimos, fue algo sencillamente envidiable y aleccionador. A veces le comentaba: «aquí sería genial tener un cenital», y antes de calcular cómo íbamos a levantar el techo o contar con un *hothead*, incluso con tomas desde un helicóptero, el borrador empezaba a tomar vida frente a mis ojos.

Una novela gráfica no es una novela ni es cine ni es un cómic ni es, como dice Gonzalo, arte o plástica. El peor insulto para él, me dijo una vez, es que expusieran sus dibujos. Lo que hace no son «monos» o «viñetas», pues él se ve a sí mismo como un narrador y, de paso, yo lo veo como un director: el tipo que, a la postre, toma la decisión final. Esta colaboración fue, entonces, una unión de colegas, aunque el verdadero trabajo —todo el trabajo— es de Gonzalo Martínez, y me incomoda que mi nombre esté más grande en la portada.

Mirando este libro, esta película impresa, estos dibujos que narran y avanzan, pienso que quizás el paso siguiente es llevar estas peripecias camineras y fronterizas de Simón al celuloide o al digital, quién sabe. Sí sé que es un privilegio ser parte de este experimento, ya no tan nuevo, pero joven, al menos, en el idioma español.

Dicen que un viaje es un escape. Siempre. Escapar de lo que sea. De una ciudad, del trabajo, de una persona, de uno mismo. Como posteó un amigo, «se viaja y se deja atrás, se oculta, se deja de ver. Se hace un restart».

Simón trata de partir de nuevo en este viaje que está a punto de comenzar. Pero lo que más me intriga es si acaso el verdadero viaje no lo estaremos tomando todos los que leeremos este libro no sólo con palabras, o con puros dibujos, sino con la suma de los dos. Algo me dice que este viaje —el de las novelas gráficas, el de mostrar y narrar a la vez— durará mucho y que el camino, con el tiempo, dejará de estar vacío, y que los lectores que se fueron perdiendo en rutas secundarias podrán incorporarse a esta nueva autopista con la misma emoción y encanto que tiene leer en un cartel caminero, cuando estás llegando a un sitio nuevo, «Bienvenidos a...».

Bienvenidos entonces a *Road Story* y al viaje de Simón.

Alberto Fuguet
Antofagasta, Chile
Septiembre 2007

Road Story

Una novela gráfica de
Gonzalo Martínez

Basada en el relato homónimo de
Alberto Fuguet

Semitonos:
Demetrio Babul

Asistentes de arte:
Steffanee Marín y Rodrigo González

«I didn't know who I was —I was far away from home, haunted and tired with travel, in a cheap hotel I'd never seen, hearing the hiss of steam outside, and the creak of the old wood of the hotel, and footsteps upstairs, and all the sad sounds, and I looked at the cracked high ceiling and really didn't know who I was for about fifteen strange seconds. I wasn't scared; I was just somebody else, some stranger, and my whole life was a haunted life, the life of a ghost. I was halfway across America, at the dividing line between the East of my youth and theWest of my future, and maybe that's why it happened right there and then, that strange red afternoon».

JACK KEROUAC, On the Road

Simon siente que todo esto es un paréntesis
Los paréntesis son como boomerangs, cree.
Incluso se parecen.Entran a tu vida de
improviso y seccionan
tu pasado de tu
presente con un
golpe seco y
certero.

Quedas a la deriva,
atento y aterrado,
inmóvil. En vez de
actuar, esperas.

Esperas que el
boomerang se devuelva
y cierre lo que le costó
tan poco abrir.

En el fondo,
vives esperando una señal
que te sirva de excusa.

Acá todo es exagerado, inmenso, y el sol te quema y te seca incluso cuando estás a la sombra.

Ésta es una tierra para gente que no se asusta, que no le teme a geografías y pasiones que excedan la escala humana.

Lo primero que hizo Simón cuando se acercó a la ribera sur del Gran Cañón fue vomitar.

Cuando piensa en el Gran Cañón, Simón piensa en vértigo.

Cuando piensa en su fallido matrimonio, también.

SIN AUTO, EN *USA* NO ERES NADIE.

POR SUERTE NO ESTÁS MAL DE PLATA.

ESO ES LO PEOR QUE TE PUEDE PASAR: PERDERLO TODO Y ADEMÁS NO TENER UN PESO.

DESFALCAR A TU EMPRESA ESTÁ MAL. ESO NO SE HACE, HUEVÓN.

Pero lo hizo.
Ya cancelaron
su tarjeta de
crédito.

Simón estafó a su empresa. Estafó a su familia. Quedó en volver y no volvió.

Sabe que, eventualmente, volverá.

No es tan valiente, tan loco, tan hippie.

Simón no es Gaspar.

Su tío Gaspar partió a un congreso de acuicultura a Portland, Oregón, y nunca más regresó.

Nunca más se supo de él. Para borrarse, debes borrarte. Hacer que los otros sufran.

Simón es cobarde porque le da miedo sufrir y, más que nada, le da miedo hacer que otros sufran por su culpa. Simón no hubiera podido hacerle a Natalia, su mujer, lo que ella le hizo.

¿O sí?

Además, piensa que a lo largo de su vida se ha portado bien. Se ha comportado.

Cuando le dio el cáncer y le sacaron su testículo, no se quebró. No se volvió loco.

Ni siquiera los hizo gastar dinero en sicólogo. Sus padres no se pueden quejar. Todos sus hermanos los han hecho sufrir mucho más que él.

Esto es un paréntesis. Un paréntesis que igual le costará caro. Pero, al final, lo perdonarán. Eso espera. Excusa tiene: su mujer lo abandonó.

Ella se involucró con otro. Se acostó con otro.

Con Luke Skywalker, su ex mejor amigo.

Amigo de toda la familia

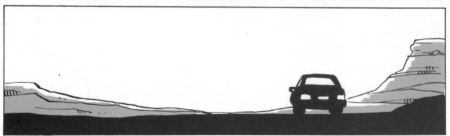

El viento sopla horizotal y avanza lento como la legión extranjera.
El pavimento se pierde en un espejismo que ya no lo engaña. El viento no acarrea ruido; a lo más, arena.

Simón ha estado manejando en círculos, entrando y saliendo de un estado a otro...

...dejándose llevar por los nombres de los pueblos...

Bisbee...

Winona...

Yuma...

Coachella...

Kayenta...

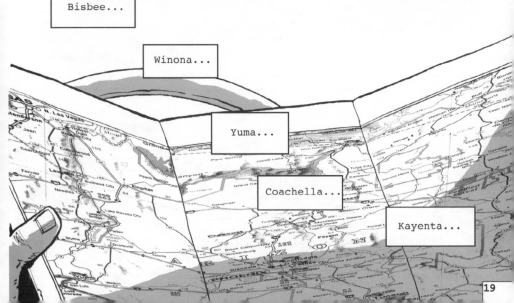

Al cruzar Death Valley se detuvo en Zabriskie Point, el punto más bajo de América.

Un pequeño letrero de madera indicaba cuántos pies estaban por debajo del nivel del mar...

Simón cree que los Estados Unidos han colonizado su inconsciente.

Recorriendo el Oeste, Simón siente que ha estado en lugares que resultan familiares.

Simón estudió cartografía en una universidad privada que nadie respeta.

Aún no se titula. Sí hizo la práctica. No entiende por qué trabaja en otra cosa.

Tampoco por qué trabaja con su padre.

WELCOME TO THE CITY OF
Twentynine Palms

A STANDARD CUT, SIR?

Todo Twentynine Palms es una base militar.

Frente al supermercado Simón botó su traje Atilio Andreoli y sus putas chaquetas Zara.

En el Motel Joshua Tree decidió no bañarse más.

Simón se huele. Su propio hedor lo embriaga y lo mantiene despierto, alerta, vivo.

El auto está pasado a empanada, lo que es bueno porque le recuerda a su país natal.

También le recuerda una mujer con quien salió un par de veces.

HOLA, SOY CLAUDIA

ME GUSTA COMO HUELES...

NO, NO TE DUCHES.

RECUERDA: ME GUSTA COMO HUELES.

Ella olía a almendras y menta y chocolate amargo y rúcula.

TÚ TIENES UN PERFIL MÁS DE AMANTE QUE DE MARIDO...

EN CAMBIO TÚ SERÍAS UNA GRAN ESPOSA.

Simón lleva diez días con la misma polera que compró en una tienda de ropa usada en Mexicali, California. Cuando llegue a Tucson, cree, botará su polera hedionda y se comprará otra.

¡PERFECTO!

SIMÓN, VAS A LLEVAR VARIOS EJEMPLARES EN TU PRÓXIMO VIAJE A CALIFORNIA, PARA TODOS NUESTROS CLIENTES.

BIEN, PAPÁ.

FELICITACIONES A AMBOS, EL LIBRO QUEDÓ MUY BIEN.

GRACIAS, PAPÁ.

ESTE LIBRO ES EL BROCHE DE ORO A LA CAMPAÑA DE EXPANSIÓN HACIA NUEVOS MERCADOS DE NUESTRA SAL-MONERA.

En un hotel de San Jose,
California, Simón tropezó
con una película en la
que salía Jack Nicholson
joven.

Nicholson es un reportero de
guerra que ya no da más. Está
cansado de sí mismo.

Está en el
desierto
africano.
En un hotel
encuentra a
su colega
muerto.

Se le ocurre una idea.
Nicholson se apropia del
pasaporte del muerto y se
transforma en él.

Luego de ver la película Simón decidió no regresar a Santiago de inmediato.

Decidió usar el dinero de la empresa para vagar.

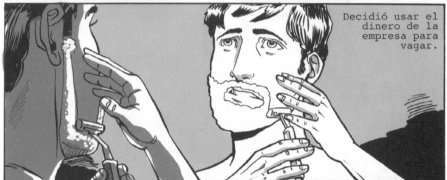

Decidió comenzar a llamarse como la calle en que se crió.

ROBERTO DEL RIO

POCUR

Simón se dio cuenta que algo andaba mal entre Natalia y él una noche en que ella se quedó en la casa de su hermana...

Y él terminó en el cine con un grupo de gente que no conocía muy bien.

La película era una comedia nada de cómica, aunque aquellos con quienes estaba se rieron de buena gana.

Esto le llamó la atención: eso de no ser capaz de reír.

Le pareció sintomático.

Entre la gente con que fue al cine estaba Lucas Walker, alias Luke Skywalker.

Simón lo consideraba entre sus escasos amigos.

29

Lucas decía que sufría por su separación, pero Simón sentía que Lucas lo pasaba bastante bien...

...y no parecía estar sufriendo en lo más mínimo.

Igual que Coné Cruz, porque Coné siempre está donde está Lucas.

Simón envidiaba no tener un Coné.

A veces pensaba que el rol en la vida de Coné era ser amigo de Lucas.

YO TENGO LA SIGUIENTE TEORÍA:

YO PIENSO QUE EL MUNDO DE UNO SE DEFINE A PARTIR DE CÍRCULOS CONCÉNTRICOS.

LOS QUE ESTÁN MÁS CERCA DE UNO SON LOS ÍNTIMOS, AQUELLA GENTE QUE TE ES CERCANA E IMPRESCINDIBLE. SON LAZOS VISCERALES QUE NO SE CUESTIONAN.

DESPUÉS, EN EL SEGUNDO CÍRCULO, ESTÁN LOS AMIGOS.

LOS AMIGOS SON AQUELLOS CON LOS QUE UNO ENGANCHA, A LOS QUE LES CUENTA COSAS, LOS QUE UNO SABE QUE ESTÁN DE TU LADO AUNQUE LOS VEA TARDE, MAL Y NUNCA.

EN EL CÍRCULO EXTERNO, EN TANTO, ESTÁN TODOS LOS CONOCIDOS, QUE NO ES LO MISMO QUE GENTE QUE UNO CONOCE.

ES GENTE CON QUE SE TIENE CONTACTO, SE ALMUERZA O VE EN FIESTAS O EN EL TRABAJO. ES GENTE QUE TE CAE SIMPÁTICA.

OK, ¿Y EN QUÉ PARTE SE UBICARÍAN LOS PADRES, HERMANOS, HIJOS Y LA PAREJA, POR EJEMPLO?

LA FAMILIA ESTÁ EN OTRO NIVEL, AUNQUE LA PAREJA, AL NO SER SANGUÍNEA, NECESARIA-MENTE ESTARÍA EN EL CÍRCULO ÍNTIMO.

SALE HUEVÓN...

A VER, MI LISTA... LUCAS, CLARO, ES UN ÍNTIMO. NATALIA, LA MUJER DE SIMÓN, SERÍA UNA AMIGA. SIMÓN VENDRÍA A SER UN CONOCIDO...

Esto golpeó a Simón aunque, por otro lado, tenía claro que nunca sería amigo de Coné Cruz, pues le parecía un estúpido, un mero escudero de un tipo que, a su vez, tampoco era para tanto. Aun así, quedó dolido.

BRING... BRING...

HOLA...
OK, VOY.

Luke Skywalker se despidió de todos menos de Simón...

...pero eso Simón lo captó después.

BUENO, SIMÓN ¿Y TU LISTA?

¿UH?

...TU LISTA.

En ese momento percibió que algo terrible acababa de ocurrir.

Se dio cuenta que, por mucho que lo intentara, toda la gente que conocía caía en el círculo de los conocidos.

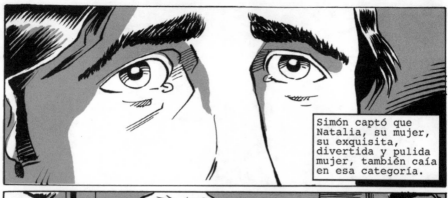

Simón captó que Natalia, su mujer, su exquisita, divertida y pulida mujer, también caía en esa categoría.

ESTAMOS ESPERANDO, SIMÓN CUÉNTANOS ACERCA DE TU LISTA.

¿Y A TI QUÉ TE IMPORTA MI LISTA?

Al salir del pub, el frío precordillerano de la parte alta de Santiago lo heló.

Simón pensó en esos vecinos que iban a tener un hijo. Natalia no quería tener uno.

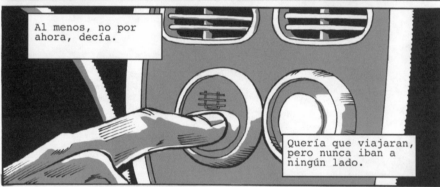

Al menos, no por ahora, decía.

Quería que viajaran, pero nunca iban a ningún lado.

Quizá no querían crecer, pensó.

Quizá no se atrevían.

Simón tenía más ganas de envejecer que de crecer.

Simón conoció a Natalia doce días antes de que ella se fuera a casar.

Cuando Coné le contó que se casaba en unos días, algo le pasó y decidió jugar con fuego.

Jamás pensó que podía pasar algo.

O si pasaba, pasaba pero nada más.

¿Qué más podía pasar?

Él no se iba a casar con ella.

Ella no iba a cancelar su matrimonio por estar con Simón.

Al día siguiente, un domingo, la pasó a ver.

Su novio estaba de turno, pues era periodista.

Él la invitó a almorzar.

Después terminaron
en un motel cerca de
Reñaca.

Un año depués se casaron.

Simón nunca le
preguntó a Natalia
si lo amaba.

Él tampoco se lo
dijo a ella.

No era casualidad
que Natalia
estuviera con su
hermana y no con
él.

¿O estaba con
otra persona?

¿Por qué alojaba
tanto donde su
hermana?

¿Era normal que
no se tomaran
en cuenta?

¿Que nunca
se hicieran
cariño?

Él pensaba que era
así la cosa.

Entonces
pensó en Luke
Skywalker
y en su
celular.

Simón cree que fue en medio
de ese deshielo cuando el
boomerang le golpeó la nuca
y el paréntesis se abrió.

¿DÓNDE ESTÁS?

EN UN RESTORÁN EN GALLUP.

¿PERO EN QUÉ PAÍS?

EN USA. NUEVO MÉXICO, HUEVÓN.

RESTAURANT

JOSEPH'S

GIFTS

ROUTE 66

NOS TINCABA QUE TE HABÍAS IDO PARA ALLÁ. ACÁ ESTÁN TODOS APESTADOS CONTIGO, SIMÓN.

LA CAGASTE. TIENES A TODOS ASUSTADOS. ERES MUY IMBÉCIL, TE DIGO. MUY, PERO MUY HUEVÓN.

SI ME VAS A INSULTAR, TE CUELGO.

QUÉ HAS HECHO, ENTONCES.

RECORRER, ¿Y TÚ?

ANDABA EN PICHILEMU.

¿EN INVIERNO?

ESTABA ENTREVISTANDO A UN HUEVÓN MEDIO RARO. MÁS RARO INCLUSO QUE TÚ.

AH.

¿ANDAS SOLO?

¿ESTÁS CON UNA MINA?

SÍ. MÁS SOLO QUE UN DEDO.

NO.

NO, ES MENOS MALO DE LO QUE ME IMAGINABA. ADEMÁS, ME TENGO QUE ACOSTUMBRAR.

¿NO TE DA LATA?

¿Y EL PAPÁ?

ÉL SIEMPRE TE DEFIENDE, TÍPICO.

RODOLFO, ESO SÍ, ESTÁ FURIA. TE QUIERE ECHAR. DICE QUE POR TU CULPA SE ESTROPEÓ UN CIERRE CON UNOS TIPOS DE LOS ANGELES.

FUCK LOS ANGELES. NO SABES LO HORROROSO QUE ES LOS ANGELES.

PERO ESTAS ALLÁ.

ESTOY EN EL OESTE. NO EN LOS ANGELES. PERO NO PUEDES DECIRLE NADA A NADIE, HERMANO. NI A LA VIEJA.

ESTUVE EN LA BIÓSFERA II. ESTÁ CERCA DE UN PUEBLO LLAMADO ORACLE. ORÁCULO. LA BIÓSFERA PARECE UN MALL DE FIBRA DE VIDRIO TRANSPARENTE.

¿QUÉ ES?

UN EXPERIMENTO. UN MILLONARIO CONSTRUYÓ ALGO COMO EL ARCA DE NOÉ. ESTÁ LLENO DE PLANTAS Y ANIMALES Y EL OXÍGENO ENTRA POR UN TUBO. INCLUSO POSEE UN MAR. CON OLAS.

ME PARECE QUE UNA VEZ VI ALGO EN EL DISCOVERY. DEBERÍAS VOLVER. LA ESTÁS CAGANDO. NATALIA ME LLAMÓ PARA SABER SI SABÍA DE TI.

¿NATALIA?

TU EX MUJER.

SÉ QUIÉN ES. EN TODO CASO, Y ESO ES LO RARO, NO LA ODIO. TRATO, PERO NO PUEDO.

NATALIA ESTUVO CON LA MAMÁ. LE DIJO QUE SE SIENTE ESTAFADA.

YO TAMBIÉN.

PIENSA VENDER EL DEPARTAMENTO.

QUE DEPOSITE LO QUE ME CORRESPONDE EN MI CUENTA. ASÍ PUEDO SEGUIR VIAJANDO.

HUYENDO.

¿LE CONTÓ QUE SE ACOSTÓ COMO OCHOCIENTAS VECES CON LUKE SKYWALKER?

NO CREO. AHORA ANDA CON...

¿CON QUIÉN?

DA LO MISMO.

DIME.

CON EL TIPO CON QUE SE IBA A CASAR.

IT MAKES SENSE.

¿NO TE VUELVES, ENTONCES?

NO AÚN. ¿QUÉ APURO TENGO? ¿ACASO ME ESTOY PERDIENDO ALGO IMPORTANTE?

Simón a veces siente que la persona que habita ese cuerpo no tiene nada que ver con él.

Ya no es el de antes.

Su cuerpo ha cambiado.

Si uno es capaz de conquistar la soledad, es capaz de conquistarlo todo.

De eso es lo que uno huye, eso es lo que uno teme.

Simón ha pasado una semana encerrado en el Hotel Congress.

Es un lugar donde vale la pena quedarse.

El Congress data de comienzos de siglo y sigue más o menos igual porque Tucson no es una ciudad de turistas...

...sólo de universitarios y mexicanos que se quedaron a este lado de la frontera.

YA NO TIENES EDAD PARA ESTE LOOK, PERO...

...EN FIN, ES AHORA O NUNCA.

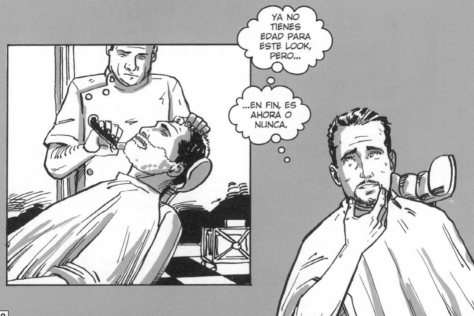

El Club Congress es el mejor club de Tucson.

Se repleta todas las noches de estudiantes.

CONGRESS
COCKTAILS

No se puede dormir hasta las 2 a.m. Por eso el Congress es barato, piensa Simón.

Sólo aloja gente que no tiene apuro o le gusta el rock.

➤ CLUB CONGRESS ⇐

Ambas cosas van juntas, cree.

236

Y LUEGO DE NUESTRO PASEO, CÁMARA EN MANO, POR CHILE, Y DESDE RITOQUE NOS VAMOS A LA CAPITAL, A SANTIAGO.

SANTIAGO...

Simón está caliente.

Lleva dos meses sin acostarse con una mujer ni masturbarse.

Es un desafío extraño no hacerlo.

Pero por algún motivo se siente bien, aunque a veces cree que flaquea o va a estallar.

No tiene claro si desea que sea con una mujer o consigo mismo.

Simón ama su pieza del Congress.

Podría instalarse a vivir aquí.

tak tak takatak ta ta tak ta

Ya conoce a la gente que deambula por el hotel.

takatak tak takatak takatak tak tak

213

takatak tak takatak takatak tak tak

Como la escritora del este de Europa que toma cervezas con un huevo crudo dentro y que escribe a máquina en la pieza del lado.

Hace dos días que vaga por los pasillos una chica de más o menos la edad de Simón.

Quizás algo menor.

¿O habría que definirla como una mujer?

Simón la sorprendió mirando a Don Francisco.

¿Hablará castellano?

Simón cree que es la chica más bonita de todo el Congress.

HI... I'M NICKI.

YOU'RE NOT AMERICAN, AREN'T YOU?

HELLO... IS THERE ANYBODY IN THERE?

...

LOOK... I LIKE YOU, SHY BOY. LET'S WALK UP TO MY ROOM......

...WHAT DO YOU THINK?

Simón se puso nervioso. No le gustó que ella fuera tan insistente; él prefería tomar la inciativa.

Pero Simón no había estado cerca de una mujer en mucho tiempo.

OK.

C'MON MAAM, OPEN UP!,

ESTA ESCENA NO VA A SER FÁCIL DE LIMPIAR

POR LO GENERAL, LOS MUERTOS NO ME DAN PENA. PERO A VIVECA LA CONOCÍ VIVA.

ESPERO QUE PUEDAS DESCANSAR.

La policía de Tucson cercó el área
y luego lo interrogó. Simón ahí se
dio cuenta que tenía exactamente dos
meses más hasta que su visa expirara.

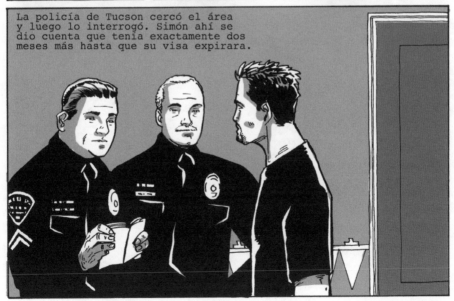

SIN EL CHIVO ESTÁ MEJOR...

BIENVENIDO DE VUELTA, SIMÓN...

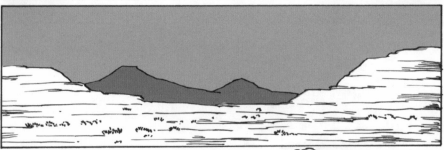

LA POLICÍA DICE QUE SE MATÓ CON LA ÚLTIMA BALA QUE LE QUEDABA.

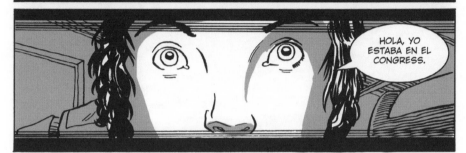

HOLA, YO ESTABA EN EL CONGRESS.

SÍ, ME ACUERDO DE TU CARA.

SOY ADRIANA TEJADA. SÉ QUE ES UN NOMBRE HORRIBLE, PERO QUÉ PUEDO HACER. ¿VOS?

EH.. ROBERTO.

ROBERTO DEL RÍO.

¿SOS DE CHILE?

POR LO GENERAL.

DE PEQUEÑA IBA MUCHO A ARICA. NOS LLEVABAN A VER EL MAR, YA QUE USTEDES NOS LO QUITARON.

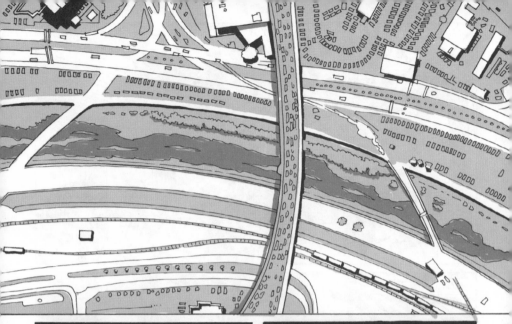

LOOK, MEXICO.

CD.JUAREZ
LA BIBLIA ES
LA VERDAD
LEELA

AQUÍ LA FRONTERA ES UN MURO.

ROBERTO, BAJÉMONOS. ESTO ESTÁ LA CAGADA.

¿QUÉ?

¿ESTÁS APURADO?

O SEA, NO, PERO YO PENSABA... QUIERO VER EL ÁLAMO.

LO VERÁS OTRO DÍA. PODEMOS CRUZAR. ES SÓLO UN PUENTE. DEJAMOS LOS BOLSOS EN LA ESTACIÓN, CRUZAMOS Y EN DOS MINUTOS ESTAMOS EN JUÁREZ.

PERO EL OTRO TREN PASA EN DOS DÍAS MÁS.

¿Y? HACEMOS HORA. NOS QUEDAMOS POR AHÍ. ¿ACASO NO ESTÁS TURISTEANDO?

UN TURISTA DEBE TURISTEAR.

El Paso, Texas.
Estados Unidos de América

Ciudad Juárez, Chihuahua.
Estados Unidos Mexicanos.

EL RÍO BRAVO.

EL RÍO GRANDE.

VEN, ROBERTO,
SALGAMOS DEL CIRCUITO
PARA GRINGOS.
CONOZCO LUGARES MÁS
DIVERTIDOS.

UN CUERVO DORADO, AÑEJO Y PONGALE LIMONES, POR FAVOR.

NO ANDO CON MUCHA LANA. ¿PAGAS VOS?

¿Y EL GUSANO?

EL TEQUILA NO VIENE CON GUSANO. ES EL MEZCAL.

¿Y NO ES LO MISMO?

MIRA, EL TEQUILA ES UN MEZCAL, PERO UN MEZCAL NO SIEMPRE ES UN TEQUILA. MEZCAL ES EL GENÉRICO, ¿ENTENDÉS?

NO.

EL TEQUILA SOLO SE HACE EN TEQUILA. EN EL ESTADO DE JALISCO. EL MEZCAL, EN CAMBIO, SE EMBOTELLA EN CUALQUIER PARTE.

COMO EL PISCO Y EL AGUARDIENTE.

AUNQUE EL PISCO PISCO ES PERUANO. ADEMÁS, ES MEJOR.

DISCULPA, PERO FUI CRIADA ODIANDO A LOS CHILENOS. NO ES NADA PERSONAL.

¿Y TÚ ME ODIAS?

¿QUÉ DECÍS?

¿SI ME ODIAS?

NO QUERRÍAS QUE TE ODIE, ROBERTO. ODIANDO SOY UN PELIGRO. TE CONVIENE MUCHO MÁS QUE TE QUIERA. NO SABES CÓMO SOY CUANDO QUIERO.

¿QUÉ?

¿ENTONCES EL GUSANO ES POR EL CACTUS?

¿LOS CACTUS ESTÁN LLENOS DE GUSANOS?

¿ES ESO?

NI EL TEQUILA NI EL MEZCAL SE HACEN DE CACTUS, SINO DE AGAVE. OJALÁ AZUL.

¿Y CÓMO SABES TANTO?

TOMANDO SE APRENDE.

ERES IMPREDECIBLE, ADRIANA TEJADA. ¿LO SABÍAS?

Y VOS PREDECIBLE, ROBERTO DEL RÍO.

¿CONOCÉS SANTA CRUZ?

SANTA CRUZ, CHILE, SÍ. LA CAPITAL DEL VINO.

SANTA CRUZ DE LA SIERRA, TARADO.

¿DEBERÍA?

SÍ. LAS MEJORES MUJERES DE AMÉRICA SON DE AHÍ.

YO QUIZÁ NO SOY EL MEJOR EJEMPLO, PERO LO CIERTO ES QUE LAS PELADAS DE MI CIUDAD SON IMPRESIONANTES.

TODOS COGIERON CON TODOS Y LA MEZCLA DE RAZAS SIEMPRE RESULTA ALGO INTERESANTE.

LO QUE PRUEBA QUE EL DESEO DA MÁS FRUTOS QUE LA ABSTENCIÓN.

YO NO TE ENCUENTRO FEA.

YO TAMPOCO. PERO NO ESTAMOS HABLANDO DE ESO...

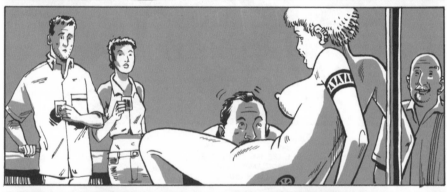

EMPEZÓ LA FIESTA...

¿Y CÓMO ES ESO DE QUE ERES HECHA EN AMÉRICA?

ES UNA HISTORIA LARGA Y TRISTE.

HE VIVIDO MUCHAS COSAS MALAS, ROBERTO, Y CUANDO TOMO ME DA POR RECORDARLAS. QUÉ PARADOJA, ¿NO?

SALGAMOS, QUIERO VOLVER A LA CIVILIZACIÓN. AHÍ APROVECHAS DE CONTARME TU VIDA..

OK...

LLEVEMOS ESTA OTRA PARA EL CAMINO....

ME PARECE ROMÁNTICO.

¿TE PARECE QUÉ?

ME GUSTA CUANDO UN PELADO ME HACE ACABAR CON SU LENGUA.

NO SÉ, QUE UN HOMBRE SEA CAPAZ DE ESPERAR Y ME ATIENDA COMO CORRESPONDA ALLÁ ABAJO, ME DA CONFIANZA.

NO SÉ. ME PARECE ROMÁNTICO.

PERO NO QUE SEA EN PÚBLICO.

NO, CLARO. PERO DE TODOS MODOS ME CONMUEVE.

MI PADRE, SIMPATIZANTE DE SENDERO LUMINOSO, ESTABA HACIENDO UN DOCTORADO EN ANTROPOLOGÍA EN BERKELEY CUANDO MI MAMÁ QUEDÓ EMBARAZADA.

ÉL NO QUISO TENER UNA HIJA AMERICANA.

NO LE MOLESTABA OBTENER DINERO DE LOS CONTRIBUYENTES CALIFORNIANOS PARA QUE ESTUDIARA SU MIERDA ANTICAPITALISTA.

PERO EL CARAJO DE VIEJO SABÍA QUE SUS COLEGAS QUE SE QUEDARON EN BOLIVIA LO MIRABAN CON RECELO POR ESTAR INSERTO EN MEDIO DEL CLÍTORIS DEL IMPERIO YANQUI.

YO FUI SU SACRIFICIO.

DESPACHÓ A MI MADRE PARA QUE YO NACIERA ALLÁ Y ASÍ ME CAGÓ CON MI NACIONALIDAD.

NO TENGO NI TARJETA VERDE.

¿Y QUÉ HACÍAS EN TUCSON?

UNA LARGA HISTORIA. LORENZO ESTUDIABA ANTROPOLOGÍA. CREÍ QUE ERA AMOR, PERO ERA OTRA COSA.

¿QUÉ ERA?

¿QUÉ CREES? ¿POR QUÉ LA GENTE SE EMPAREJA CON GENTE QUE NO QUIERE?

LA HE PASADO MÁS MAL QUE BIEN.

MI VIDA NO ES COMO QUISE QUE FUERA.

A POCA GENTE LE RESULTA. NO ESTÁS SOLA.

PERO VOS SÍ LO ESTÁS. SE TE NOTA.

UNO NO ABANDONA A LOS AMIGOS CUANDO ESTÁN MAL.

SÍ, PERO TÚ NO ERES MI AMIGA NI ESTÁS MAL.

WHAT A TOWN...!

YEAH, YOU GOT THAT RIGHT.

KEEP ON WALKING.

QUÉ RARO. NO NOS PIDIÓ NINGÚN PAPEL.

MENOS MAL. PORQUE ESTOY ILEGAL.

MI VISA VENCIÓ HACE RATO.

La estación de tren de El Paso estaba cerrada, por lo que no pudieron retirar sus bolsos.

A TAXICAB, PLEASE

HEY, IS SHE CLEAN?

YES, SHE'S JUST TIRED.

TAKE US TO A HOTEL...

NOT TOO CHEAP BUT NOT TOO EXPENSIVE.

THAT'LL BE TEN DOLLARS.

WHAT?

THAT'S THE RATE!

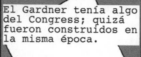

WE HAVE ONLY ONE ROOM. I'M SORRY.

El Gardner tenía algo del Congress; quizá fueron construidos en la misma época.

HOW MUCH?

YOU DON'T HAVE ANY BAGS?

Ambos también eran albergues y olían a cuero y a ladrillo húmedo.

236

CREO QUE VOY A DORMIR HASTA MAÑANA POR LA NOCHE. NO ME DESPIERTES, ROBERTO, ¿QUIERES?

NO SABES LO CANSADA QUE ESTOY.

QUÉ.

NADA.

HACE CALOR. DORMIRÉ MEJOR PELADINGA. ESPERO QUE NO TE MOLESTE.

NO.

ABRE UNA VENTANA, ROBERTO. NECESITO AIRE FRESCO Y AGUA. MUCHA AGUA. TRÁEME AGUA. ¿PODES?

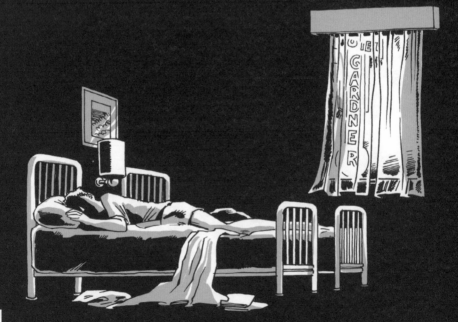

UNAS ENCHILADAS, POR FAVOR.

LOS LATINOS NECESITAMOS CONECTARNOS CON NUESTRA CASA.

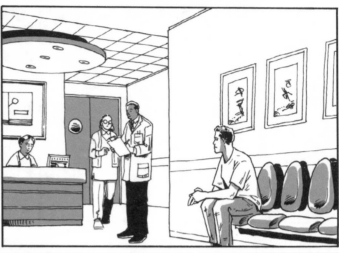

LA PACIENTE TUVO UN ATAQUE DE CIRROSIS HEPÁTICA.

EL ESFUERZO DEL VÓMITO HIZO ESTALLAR UNA VÁRICE DEL ESÓFAGO.

ELLA PERDIÓ MUCHA SANGRE PERO USTED LLEGÓ A TIEMPO.

LE SALVÓ LA VIDA.

PUDO HABERSE DESANGRADO.

VAMOS A HACERLE UNA TRANSFUSIÓN. LO MEJOR ES QUE SE QUEDE UN PAR DE DÍAS.

¿USTED ES PARIENTE?

AMIGO.

¿QUIÉN VA A PAGAR LOS COSTOS?

TOME, ESTA ES MI TARJETA.

AQUÍ ESTÁN LAS PERTENENCIAS DE LA SEÑORA MOOREHEAD.

¿SEÑORA MOOREHEAD?

103

MI CORTE DE PELO ESTILO TWENTYNINE PALMS... OBVIO.

ASÍ QUE ME SIGUEN BUSCANDO... EN FIN, DA LO MISMO. ACÁ ESTOY EN OTRA.

CONOCÍ A UNA MINA MEDIO LOCA Y QUE ESTÁ ENFERMA Y NO SÉ SI SEGUIR, O MANDARME A CAMBIAR.

¿QUÉ ONDA?

TE GUSTA.

NO CREO.

ES RARA.

TIENE DEMASIADA PERSONALIDAD.

ADEMÁS COMO QUE MIENTE. TOMA. ES UNA FREAK.

COMO QUE YA ME TIENE INVOLUCRADO.

CASI SE MUERE, LA TUVE QUE SALVAR.

¿LA SALVASTE? CAGASTE. CUANDO SALVAS A ALGUIEN, QUEDAS LIADO CON ESA PERSONA PARA SIEMPRE.

YO CACHO QUE TE GUSTA.

Y MUCHO.

NO CREO.

NO SÉ.

ME ATRAE, SÍ. Y ME REPELE.

ME ASUSTA.

HUEVÓN: CUANDO A UN HUEVÓN LE ASUSTA UNA MINA ES PORQUE LE GUSTA. ¿ACASO NO SABÍAS ESO, SACO DE HUEA?

HOTEL CONGRESS

PERDONA. CREO QUE TOMÉ DEMASIADO ESA NOCHE ALLÁ EN EL PASO. PERDÍ EL CONTROL.

DEFINITIVAMENTE. EN TODO CASO, A TODOS NOS HA PASADO. SÉ QUE NO FUE A PROPÓSITO.

ES QUE FUE A PROPÓSITO.

¿TE QUISISTE MATAR?

ESO NO. SÉ LO QUE PASA CUANDO UN TIPO SE SUICIDA. NO ES ALGO AGRADABLE.

TRABAJÉ LIMPIANDO SITIOS DE CRÍMENES.

NO ES UN TRABAJO FÁCIL.

MOMENTO. ¿TRABAJASTE EN QUÉ?

NO TODOS LOS LATINOS LAVAN PLATOS.

¿LIMPIABAS MUERTOS?

NO, SUS CASAS O DEPARTAMENTOS.

CUANDO VIVÍ EN PITTSBURGH ME DEDIQUÉ A LIMPIAR LA MIERDA QUE DEJAN LOS MUERTOS.

NO TE IMAGINÁS CÓMO QUEDA UN DEPARTAMENTO LUEGO QUE UNA VIEJITA ENCANTADORA HA ESTADO CINCO DÍAS DESCOMPONIÉNDOSE.

EL NEGOCIO SE LE OCURRIÓ A UNA PAREJA DE LESBIANAS. ELLAS ERAN MUY PULCRAS Y NO ERAN NEGRERAS.

UNA DE ELLAS HABÍA SIDO POLICÍA Y SE DIO CUENTA DE QUE LOS PARIENTES NO SE ATREVEN A LIMPIAR.

NICK'S
BREAKFAST LUNCH
OPEN

ADEMÁS, ES PELIGROSO. TE PODÉS CONTAGIAR.

UNO APRENDE MUCHO DE LA VIDA CUANDO TE TOCA UN TRABAJO ASÍ.

ENTONCES... NO ENTIENDO. ME CONFUNDES. ME PERDÍ.

QUE NO ME QUISE MATAR. ESO. TENGO CIRROSIS.

DESDE HACE MUCHOS AÑOS.

ME LO DESCUBRIERON EN COCHABAMBA. Y NADA, PUEJ. NO DEBO TOMAR. NI UNA GOTA.

LO QUE PASA ES QUE PERDÍ EL CONTROL Y TOMÉ. TOMÉ MÁS DE LA CUENTA.

Y CUANDO TE FUISTE, DESPERTÉ CON UNAS PESADILLAS. TE ECHÉ DE MENOS. ME CAGUÉ DE MIEDO. ASÍ QUE SEGUÍ TOMANDO.

UN ERROR, CLARO. PERO UNO, AL FINAL, ES LA SUMA DE SUS ERRORES, ¿NO?

ROSWELL 14

¿ANTES TOMABAS MUCHO?

HAY CIERTAS COSAS DE LAS QUE NO VOY A HABLAR. NI SIQUIERA CONTIGO QUE ME SALVASTE. NO PORQUE ME SALVASTE SIGNIFICA QUE PODÉS HACER LO QUE QUIERAS CONMIGO.

PERDONA.

NADA QUE PERDONAR, ROBERTO. CON PERDONARME A MÍ TENGO PARA TODA UNA VIDA. CAMBIEMOS DE TEMA, ¿TE PARECE?

RECIBO LOS AVIONES DE LAN. AYUDO A LOS TRÁMITES DE ADUANA. MI LABOR ES VER QUE LA CARGA SEA DESPACHADA SIN DEMORA. EN ESPECIAL, LO QUE SE REFIERE A COMIDA O PERECIBLES. SALMONES, FRUTA, FLORES.

¿Y TE GUSTA TU TRABAJO?

NO DEMASIADO.

¿ENTONCES...?

NECESITABA ESTAR UN TIEMPO FUERA DE MI PAÍS.

NO

NO TIENES NIÑOS, DEDUZCO.

¿NO QUISIERON?

NO PUDIMOS. MI MUJER TUVO CÁNCER AL ÚTERO. POR SUERTE, FUE RÁPIDO.

¿LA AMASTE?

AL PRINCIPIO.

¿ADÓNDE VAMOS?

VEAMOS ADONDE NOS ENCUENTRE LA NOCHE. QUIERO PASAR POR DONDE LANZARON LA BOMBA ATÓMICA.

En White Sands Simón le cuenta acerca de su infancia. De la infancia de Coné Cruz.

Él siempre ha creído que Coné se transformó en lo que se transformó debido a una infancia demasiado feliz y acomodada.

Le cuenta a Adriana de su abuelo embajador y de sus veranos en Kenia y Marruecos y en Nueva Delhi.

De su colegio inglés con hiedra y corbatas rayadas.

De cómo metía goles en campeonatos y de cómo las chicas lo acosaban por teléfono.

VAYA, AHORA RESULTA QUE EL CONÉ CRUZ NO ES UNA MAL TIPO DESPUÉS DE TODO.

¿Y ESO?

POR TODO.

VOS ME AYUDASTE, ME HICISTE UNA GRAN GAUCHADA.

NO FUE A PROPÓSITO. OCURRIÓ. ¿QUÉ IBA A HACER?

SOS UN GRAN TIPO. A PESAR DE TODO.

¿QUÉ SIGNIFICA A PESAR DE TODO?

ESO: A PESAR DE TODO.

Hace mucho tiempo que Simón no sentía que alguien le decía toda la verdad. Y eso que todo lo que le dice es quizá mentira.

QUÉ BUENO QUE TE CONOCÍ, ADRIANA.

UNA SOLA
CAMA.
¿QUÉ TAL?

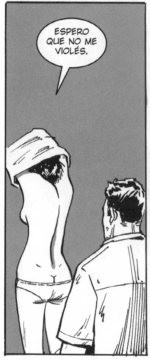

ESPERO
QUE NO ME
VIOLÉS.

PODÉS
DORMIR SIN
QUE ME
TOQUES.

NO QUIERO
QUE ME
TOQUEN.

TE GUSTAN LOS MAPAS, ¿NO?

SÍ.

UNA VEZ TUVE UN NOVIO QUE QUISO SER CARTÓGRAFO. PERO LO MATARON.

¿CÓMO?

ES UNA HISTORIA QUE ME DA PENA RECORDAR. QUIZÁS ALGÚN DÍA TE LA CUENTE. POR ESO ME FUI A MIAMI. PARA OLVIDAR, Y PORQUE ME CASÉ CON JEFF, CLARO.

¿JEFF?

JEFF BRINK. PERO NUNCA LO AMÉ. A JEFF LO CONOCÍ GRACIAS A RAQUEL WELCH.

¿ME ESTÁS HUEVEANDO?

NO.

O SEA, RAQUEL NO ES TÍA-TÍA MÍA. ES MÁS BIEN COMO PRIMA EN NOVECIENTOS GRADOS. ALGO ASÍ.

MIRA, NO SOY EXPERTA EN LAZOS SANGUÍNEOS. PERO, AL FINAL, TODOS LOS TEJADA DE BOLIVIA SON LOS MISMOS TEJADA. Y EN BOLIVIA, CUALQUIER PARIENTE ES UN TÍO O TÍA.

YA, ¿PERO QUÉ TIENE QUE VER UNA COSA CON LA OTRA?

RAQUEL WELCH SE LLAMA RAQUEL TEJADA. ÉSE ES SU VERDADERO NOMBRE: RAQUEL TEJADA. TODO BOLIVIANO SABE ESO.

WELCH FUE SU PRIMER MARIDO Y ES UN GRINGO.

PERO SU PADRE ES TAN BOLIVIANO COMO EL ESTAÑO.

SU PADRE ES UN PAISANO QUE LLEGÓ A CHICAGO BUSCANDO MEJORES HORIZONTES. SU MADRE, ESO SÍ, ES GRINGA. NADIE ES PERFECTO.

NO, CALMA. ¿ACASO NO ME CREÉS?

SÍ, TE CREO.

¿Y CONOCISTE A RAQUEL EN MIAMI?

YO CREO QUE NO. QUE NO ME CREÉS.

TE CREO. LO QUE PASA ES QUE CUESTA CREERLO.

PERO ES VERDAD. Y ES SIMPLE.

CUANDO RAQUEL WELCH DECIDIÓ CONOCER LA TIERRA DE SU PADRE, NECESITÓ UNA TRADUCTORA.

YO ESTUDIÉ EN EL COLEGIO AMERICANO. RAQUEL ME ELIGIÓ POR MI APELLIDO. SE FASCINÓ CON QUE YO FUERA UNA TEJADA.

EN BOLIVIA, RAQUEL FUE RECIBIDA COMO UNA HEROÍNA, COMO UNA DIOSA, PORQUE ES UNA DIOSA. NO TE IMAGINAS LO GUAPA QUE ES.

LUEGO ELLA ME HIZO CONTACTOS PARA QUE TRABAJARA EN LA INDUSTRIA DEL ESPECTÁCULO, PERO NO RESULTÓ. SE DESENTENDIÓ DE MÍ.

¿CÓMO ES CAPAZ DE INVENTAR Y MENTIR TAN RÁPIDO?

¿Y CÓMO FUE ESO?

SU AGENTE NO ME DEJÓ ACERCARME. NUNCA ME LLAMÓ DE VUELTA. PERO YO YA ESTABA EN LA FLORIDA, ASÍ QUE NO ME IMPORTÓ TANTO.

PREFIERO ACORDARME DE CUANDO LA CONOCÍ. CUANDO LLEGÓ A SANTA CRUZ INVITADA AL FESTIVAL IBEROAMERICANO DE CINE.

NO ME PUEDO QUEJAR. SE PORTÓ DIEZ PUNTOS CONMIGO. FUE TODA UNA DAMA. GRACIOSÍSIMA, ADEMÁS. GRACIOSÍSIMA.

Truth or
Consequences 41

Las Cruces 121

Chevron

VEN.

ENTRA.

ME VOY A MOJAR.

YO DESPUÉS TE SECO.

Alberto Fuguet

estudió periodismo en la Universidad de Chile. Entre sus libros figuran *Sobredosis, Mala onda, Por favor, rebobinar, Tinta roja, Primera Parte, Las películas de mi vida, Cortos* y *Apuntes autistas. Se arrienda,* su primer largometraje, se estrenó en 2005. Ha sido traducido a idiomas como el inglés, finlandés, italiano, alemán, coreano y portugués. Vive en Santiago.

Gonzalo Martínez

nació en Santiago en 1961. Es arquitecto de la Universidad de Chile. Está casado y tiene dos hijos. Desde 1987 ha publicado sus cómics en diversos medios, desde publicaciones autogestionadas hasta revistas y diarios de gran tiraje. Entre 1991 y 1999 publica la tira «Horacio y el profesor» en *El Mercurio* de Santiago. En 2001 incursiona en el mercado estadounidense, donde encuentra un campo lleno de posibilidades creativas. Sus trabajos han sido publicados por editoriales como Avatar Press y Alias Enterprises. Actulmente realiza la serie Super Teen*Topia para Forcewërks además de variadas historias románticas para Arrow Publications.
Road Story es su primera novela gráfica.

Este libro se terminó de imprimir
en el mes de mayo de 2008, en los
talleres de CyC Impresores Ltda.,
ubicados en San Francisco 1434,
Santiago de Chile.